UÇLARDA
CİHAN SERDAROĞLU

Uçlarda

Cihan Serdaroğlu

Published by Cihan Serdaroğlu, 2024.

UÇLARDA

First edition. May 15, 2024.

Copyright © 2024 Cihan Serdaroğlu.

ISBN: 979-8224523146

Written by Cihan Serdaroğlu.

İçerik tablosu

Şiir sanatıyla uzaklaşmak isteyenlere

"Deli eder insanı bu dünya;
Bu gece, bu yıldızlar, bu koku,
Bu tepeden tırnağa çiçek açmış ağaç"
Orhan Veli Kanık[1]

SEVGİLİ OKURUM

Üçüncü şiir kitabım çıktığı için çok mutluyum. Bunun yanı sıra, biraz da şaşkınım diyebilirim. Şaşkınım, zira genellikle işleri ağırdan alan birisi olduğum için, üçüncü şiir kitabımı kısa bir zaman aralığında yazarak kendimi şaşırttım. Aynı zamanda mutluyum, çünkü yazar olarak üretken bir dönemden geçtiğimi düşünmeme neden oluyor.

Şiir yazmak ve okumak bana her zaman iyi geliyor. Umarım şiir okumak da sizlere aynı şekilde iyi gelir. Bir şiir severden, diğerlerine:

Zevkle okumanız dileğiyle...

ANKARA'DAN BIKTIM

Sevmiyorum artık Ankara'yı.
Nedendir bilinmez.
Belki de benim için,
Bir hayal kırıklığı olduğundandır.

*

Sevmiyorum artık Ankara'yı.
Bende uyandırmıyor artık,
O eski duyguları.
Beni mutlu etmiyor artık sokakları.

*

Sevmiyorum artık Ankara'yı.
Bana umut vermiyor artık,
Eskiden olduğu gibi.
Beni mutlu etmiyor artık insanları.

*

Sevmiyorum artık Ankara'yı.
Eskiden o çok sevdiğim sokaklar,
Haz vermiyor artık.
Yürümenin anlamı yok, artık oralarda.

*

Sevmiyorum artık Ankara'yı.
O çok sevdiğim kitapçı,
Zevk vermiyor artık.
Bakınmanın anlamı yok, artık orada kitaplara.

GECELERİ ŞİİR OKUMAK

Severim geceleri şiir okumayı.
El ayak çekilmiş,
Sessizlik çökmüşken.

*

Severim geceleri şiir okumayı.
Tüm o duyguları yaşamayı...
Çocuk gibi ağlamayı...

*

Severim geceleri şiir okumayı.
Ortalarda kimseler yokken,
Kendimle baş başa kalmayı...

BİR KIZ VARDI

Bir kız vardı,
Güzeller güzeli.
Dudaklarına kırmızı ruj sürerdi.
Teni porselen gibiydi.
Saçları kızılın en güzel tonu...
Yokmuş kaderimde.
Kaybettim onu.
Şimdi bilmiyorum nerede?
Bazen hâlâ düşünürüm:
"Evlendi mi?" diye.

GÜNEŞ BATARKEN SPİL DAĞI

Spil Dağını izliyorum,
Güneş batarken.
Güneşin son altın ışıkları,
Spil Dağını yıkarken,
Gözlerim dalgınlık,
Ve hayranlıkla Spil Dağına bakmakta.
Aklımda bin bir türlü düşünce,
Spil Dağını izliyorum,
Güneş batarken.

ESKİ KİTAP

Dedemden kalan tek eşyaydı,
O eski kitap.
Bir yaz günü,
Göstermişti yeni aldığı üç kitabı.
O kitap da aralarındaydı.
Sanırım gazete armağanı olarak alınan kitaplardı.
Eskiden öyle hediyeler verirdi gazeteler.
Ondan geriye anı olarak,
Sadece o eski kitap kaldı.

SOLAN AŞK

Aşka olan inancımı kaybettim,
Çok uzun zaman önce.
Belki de yaş aldıkça,
Olan budur.
Belki de aşk sadece;
Masallarda, romanlarda, filmlerde, dizilerde vardır.
Belki de zamanla,
Gerçek hayatın sorunları içinde,
Romantik yanımızı kaybederiz.
Belki de hayat,
Öyle bir romantizmin olmadığını öğretir bize.
Gerçekten de, aşk diye bir şey var mı?
Yoksa bize öğretilmiş bir efsane mi sadece?

DOSTLUKLAR VE ARKADAŞLIKLAR

Koca birer yalanmış dostluklar ve arkadaşlıklar.
Hangisi var şimdi?
Hangisi arayıp soruyor?
Hangisi başarılarını kutluyor?
Hangisi sevinçlerinle mutlu oluyor?
Hangisi acılarına üzülüyor?
Hangisi neler yaşadığını biliyor?
Hangisi neler yaşadığını umursuyor?
Yalandan başka bir şey değilmiş meğer!
Ah, o gerçek sandığımız dostluklar ve arkadaşlıklar...

BEZGİN

Yorgunum artık,
Çok yorgun!
Güzel haberler almaya,
İhtiyacım var.

DEPRESYON

Yataktan çıkamıyorum.
Belki de çıkmak istemiyorum.
Zira kalkacak mecalim yok.
Hiçbir şey yapacak enerjim yok.
Kalkmak istiyorum,
Ancak yapamıyorum.
Okusam, yazsam, müzik dinlesem diye düşünüyorum,
Lakin bunları yapacak gücü nasıl bulacağımı bilmiyorum.
Ne güzeldi hâlâ umutlarımın olduğu zamanlar!
Ne iyiydi hâlâ toparlanabildiğim günler!
Oysa şimdi, inanılmaz bir umutsuzluğun,
Çukuruna düşmüş gibiyim
Ve nasıl çıkacağımı bilmiyorum.

GÜZEL SAMSUN

Ah, Samsun!
Ne güzelsin sen!
Nasıl da iyot kokuyor sahilin!
Ne de güzel duruyor gemilerin limanda!
O eski dar sokakların,
Oralardaki küçük butiklerin,
Nasıl da hâlâ cazibesini koruyor?
Tarihi evlerin büyülemeye devam ediyor!
Meşhur Çiftlik Cadden, hâlâ güzel!
Kumsalın ve palmiye ağaçlı sahilin,
Bir film setinden fırlamış gibi duruyor!
Şiirlere, romanlara, fotoğraflara
Konu olacak kadar güzelsin!

MASALSI KÜTÜPHANE

O masalsı kütüphanelerden birinde,
Hayal ediyorum kendimi.
Kaybolmak istiyorum,
O kitapların arasında.
Bakmak istiyorum,
O tarihi kitaplara.
Kısa süreliğine de olsa,
Geçmek istiyorum o farklı dünyaya!

KAÇIŞ

Farklı bir yerde, bambaşka bir şehirde,
Bir süre için de olsa,
Kalmak istiyorum.
Zira ihtiyacım var bu kaçışa!
Kaybolmak istiyorum,
Kimsenin beni tanımadığı,
Yabancıların arasında.
Dolaşmak istiyorum,
Gözlerden uzak.
Yürümek istiyorum,
Tenha sokaklarda.
Yaşamak istiyorum,
Belki bir pastanenin üzerinde,
Bohem bir dairede.
Okumak, yazmak, sanat yapmak, film izlemek,
Hayatı tüm güzelliğiyle yaşamak ve hissetmek istiyorum!

YAĞMURLU BİR PAZAR GÜNÜNDE

Yağmurlu bir günde,
Yatağımda kitap okuyorum.
Yağmurlu Pazar günlerinde,
Yatağıma gömülüp,
Kitap okumayı,
Yazı yazmayı,
Dizi veya film izlemeyi,
Çay içip, pasta yemeyi,
Severim ben.

GÜN SONU

Tren raylarının üzerinde,
Gün batmak üzere.
Mor dağlar silikleşirken ötelerde,
Arabalar acele içinde.
Trafik ışıkları düzenlemeye çalışırken gidiş gelişleri,
Herkes huzursuz bir telaşla,
Ulaşmaya çalışıyor evine.

HAYALPEREST

Daha güzel yarınlar,
Hayal ettim hep.
Mutlu olduğum günleri,
İyi arkadaşları,
Hedeflediğim kariyere ulaşmayı,
Film gibi bir aşkı,
Kötülüklerin ulaşamadığı bir yerde,
Sıfırdan başlamayı,
Tasavvur ettim yıllar yılı.
Ne var ki o hayaller,
Fantezilerde kaldı hep.

ERKEĞİN OLMAK İSTEYEN BİR ADAM

Erkeğin olmak istiyorum!
Seni kollarına alan,
Göğsünde uzandığın,
Beline dolanan,
Kimseyle paylaşamadığın,
Kahvaltı hazırladığın,
Seni tatmin eden,
Erkeğin olmak istiyorum!

O SABAHKİ FOTOĞRAFIN

Herkesin öğle yemeği yediği bir saatte,
Biz kahvaltımızı yaparken,
Sen, uzun sarı saçların,
Makyajsız yüzün,
Üzerindeki bol erkek gömleği
Ve çıplak bacaklarınla,
Bir film yıldızı kadar
Güzel görünüyordun.
Beyaz porselen fincandan çayını içerken,
Siyah beyaz bir fotoğrafını çekmemek,
Artık kabil değildi.

GÜNEŞ ÜZERİNE DOĞARKEN

Beyaz çarşaf yataktan yere sarkmış.
Sen hâlâ yatağımdasın.
Kollarını, başını koyduğun yastığa dolamış,
Derin bir uyku çekmektesin.
Geç uyuduğumuz için yorgun olmalısın.
Zira erkenden kalkman gerektiğini söylemiştin.
Hâlâ yatağımda uyuduğuna göre,
Belki de benden, itiraf ettiğinden fazla hoşlanıyorsun.
Uzun sarı saçların yatağa dağılmış uyurken
Ve güneş ışıkları vücudunda dans ederken,
Rüya kadar güzel görünüyorsun.

SENİNLE YAKINLAŞIRKEN

Uzun sakallarım yüzüne batarken,
Dudaklarından kırmızı rujunun tadını alıyorum.
Boynunu öperken,
Pudramsı parfümünün kokusunu duyuyorum.
Gözlerimiz buluştuğunda,
Makyajlı gözlerinin büyüsünde kayboluyorum.

GEMİ SEYAHATİ

O gemideki yolculardan birisi de,
Ben olsaydım keşke!
Kamaramdaki balkonumdan,
Denizi izleseydim gün boyu!
Güvertede güneş tenimi ısıtırken,
Kitap okusaydım!
Tüm o yabancıların arasında kaybolsaydım!
Aldırmazdım kalabalıklar arasında yalnız olmaya.
Ne de olsa alışkın olduğum bir durum bu.
Zaten uzaklaşıyor olmak muhtemelen yeterdi,
Beni mutlu etmeye.

GELMEYEN GÜNLER

Alınan bazı giysiler hiç giyilmedi.
Alınan bazı takılar hiç takılmadı.
Nedense asla zamanı, sırası gelmedi!
Başka bir hayat için miydi onlar?
Mutlu günler için miydi?
Normal hissedilen zamanlar için miydi?
Sosyalleşirken giymek, takmak için miydi?
Nedense asla zamanı, sırası gelmedi!

GERÇEĞE DÖNÜŞMEYENLER

Bazı hayaller hiç gerçekleşmedi!
Bazı umutlar öylece solup gitti!
Bazı beklentiler asla gerçeğe dönüşmedi!
Onlar kaldı fantezilerde,
Yitip giden ümitlerde,
Beklenip de gelmeyen günlerde.

YOKSULLUK VE AŞAĞILANMA İÇİNDE

Bir çocuk vardı;
Açlık çeken,
Soğuk odalarda kalan,
Sabahları titreyerek kalkan,
Eziyet gören,
Korkmuş hisseden,
Yalnız kalan,
Sefalet içinde yaşayan...
Ah, ne çok bıktın sen!
Yoksulluk içinde yaşamaktan!
İtilip kakılmaktan!
Aşağılanmaktan!

MASKELER

Güvenmiyorum hiç kimseye!
İnanmıyorum iyiliğinize!
Her şeyiniz yalan!
İyiliğiniz bile üstünkörü!
Kibarlığınız sahte!
Kolayca çıkıyor kötülüğünüz açığa!
Gizleyemezsiniz uzun süre,
Gerçek yüzünüzü asla!

İYİLİK BOZULURKEN

Etkilemiyor değil,
Çevresel faktörler de,
Davranışları, düşünceleri ve duyguları.
Uzun yıllar süren yoksulluk ve kötü muamele,
Değiştirebiliyor davranışları da olumsuz yönde.
Hatta değiştirebiliyor kişileri,
Şaşılacak şekilde.
Sonra da sormayın:
"Neden böyle oldu?" diye.
Kötülüğünüz bozuyor her şeyi!
Hatta iyi insanları bile!

KENDİNİZE SAKLAYIN

Gelmeyin artık, gelmeyin!
Çok geç, bu saatten sonra hiç gelmeyin!
Geçtikten sonra en güzel yıllarım yapayalnız,
Artık hiç gelmeseniz de olur!
Alıştım artık yalnızlığa!
Hatta hayat daha huzurlu siz olmadan!
Eksik olsun varlığınız da,
Her şeyiniz de!
Kendinize saklayın,
İyiliğinizi bile!
Gerçi iyilik kim, siz kim?
Acınası rolleriniz haricinde...

YALNIZLIK

Severim yalnızlığı ben.
Hep âşık oldum yalnızlığa!
Yalnız yapılan yürüyüşlere...
Yalnız gidilen alışverişlere...
Yalnız izlenen filmlere...
Yalnız içilen çaylara, kahvelere...
Ne var ki, bu kadar yalnızlık da,
Biraz fazla değil mi?
Arada bir bozmak gerekmez mi o yalnızlığı?
Kırmak gerekmez mi o döngüyü?

KÜTÜPHANEMDE

Gün ışığı içeriye dolarken,
Güneş ışıkları kitapların üzerine vururken,
Severim okumayı, yazmayı, çalışmayı,
Küçük kütüphanemde.
Kitapların arasında olmak,
Huzur verir bana.
Sanki uzak gibidir,
Dünyanın tüm kötülüklerinden.
Sanki geçiş gibidir,
Bir başka dünyaya.
Severim okumayı, yazmayı, çalışmayı,
Küçük kütüphanemde.

DAHA YOLUN ÇOK BAŞINDAYIM

Daha gezilecek, görülecek çok yer var!
Daha okunacak çok kitap var!
Daha izlenecek çok film ve dizi var!
Daha dinlenecek çok şarkı var!
Daha yazılacak çok kitap ve makale var!
Daha yapılacak çok resim var!
Daha çekilecek çok fotoğraf var!
Daha yaşanacak çok şey var!
Daha yolun çok başındayım!

HÂLÂ GÜZEL ŞEYLER DE VAR

Kahvenin kokusu...
Çayın lezzeti...
Güneşin güzelliği...
Mehtabın romantizmi...
Yıldızların büyüsü...
Müziğin hissettirdiği mutluluk...
Denizin verdiği huzur...

SIRA DIŞI BİR KADIN

Ah, o saçlar!
Ah, o konuşma!
Ah, o kibarlık!
Ah, o güzellik!
Ah, o zekâ!
Ah, o eğitim!
Ah, o bilgi!
Ah, her şeyinle,
Ne özel bir kadınsın sen!

KUMSALDA

Kumsala oturmuş denizi izliyorum.
Gözümü ayırmadan bakıyorum,
Ancak yine de ona doyamıyorum.
Anneannem: "Gözün karnı yok." derdi.
Haklı olmalıydı.
Zira hayatım boyunca,
Güzelliği izlemeye asla doyamadım.

ARZULANMAK

Seksi hissettiğim oluyor.
Bazen, arzulanan bir erkek,
Olma düşüncesi cazip geliyor.
Kimi zamansa, tam tersine,
Görünmez olmak istiyorum!

HOŞ ZEVKLER

Çay ve pasta eşliğinde izlenen diziler...
Uzun yaz günlerinde okunan romanlar...
Akşama doğru yapılan yürüyüşler...
Kahvaltıdan sonra dinlenen şarkılar...
Yaz gecelerinde yazılan şiirler...
Kahveyle içilen sigaralar...
Yüksek sesle atılan kahkahalar...
Yeni serilmiş çarşaflar...
Banyodan sonraki saçlar...

YIPRATMALAR

Bere veya şapka takıyorum.
Tıraş olmuyorum.
Aldığım yeni giysilerin hiçbirisini giymiyorum.
Mümkün olduğunca dikkat çekmemeye çalışıyorum.
Hatta neredeyse, görünmez olmak istiyorum!
Uzak olsun istiyorum artık kıskançlıklar, şehvetler
Ve bunlardan kaynaklanan nefretler!
Yoruldum artık yıpratmalardan!

ÖZLEM

Yorulduk kötülüklerden.
Bıktık kötülerden.
Ne çok özlem duyuyoruz;
İyi insanları görmeye,
İyiliğe tanık olmaya,
Hâlâ iyiliğin olduğunu bilmeye.

KÜTÜPHANE KAFEDE

Kütüphane kafede kahvemi içiyorum.
Önümde bilgisayarım ve kitabım,
Yazmaya hazırlanıyorum.
Kitaplar çevremdeyken,
Sıcak ve romantik bir ortamdayken,
Evde olduğu gibi dikkatim dağılmazken,
Sanki daha kolay yazıyorum.
Sözcükler, cümleler dökülüyor hızlıca.
Bakıyorum arada camdan dışarı,
O romantik sokağa,
Arada geçen gençlere,
Karşıdaki eski, bakımsız apartmana.
Şaşırtıyor hayatın bu kadar masalsı görünebilmesi.

SAHİLDE

Saatlerce yürüdüm sahilde.
Deniz kenarında yürümek,
Şaşırtıcı şekilde iyi geldi.
Sonra oturdum bir bankta.
Yavaş yavaş sigaramı içtim,
Denize bakarak
Ve kendimi daha iyi hissetmeyi umarak.

HÂLÂ YATAĞIMDAYIM

İnanılır gibi değil!
Öğleden sonra dörtte,
Ancak kalkabildim yataktan.

*

İnanılır gibi değil!
Bir şeyler yapacak gücü,
Kendimde bulamıyorum.

*

İnanılır gibi değil!
O saatte hâlâ yatakta olmam
Ve kendimi toparlayamamam...

YAĞMURDA YÜRÜRKEN

Hava serin.
Yağmur yağıyor.
Ancak yürümek rahatsız etmiyor.
Tersine haz veriyor.
Ah, yağmurda yürümek...

*

Yağmur damlaları,
Şeffaf şemsiyemin üzerine düşerken,
Çıkardıkları ses,
İyi geliyor.
Ah, yağmurda yürümek...

*

Yağmur damlaları üzerimde uçuşuyor.
Serin hava yüzümü okşuyor.
Kuş sesleri,
Terapi gibi geliyor.
Ah, yağmurda yürümek...

*

Derin bir uykudan uyanmak gibi.
Hiç aklıma gelmemişti,

Karamsar ruh halindeyken,
Bu kadar iyi hissettireceği.
Ah, yağmurda yürümek...

SIRADAN BİR GENÇ

Sıradan bir genç gibi hissetmek,
İstedim her zaman.
Sorunların ve dışlanmanın olmadığı,
Bir hayatı,
Kaygısız bir genç gibi yaşamak...

KELEBEK

Papatyanın üzerindeyken
Ve güneş canlı renklerini yıkarken,
Kelebeğin resmini çekiyorum.

*

Baharın güneşli
Ve sıcak bir gününde,
Kelebeğin resmini çekiyorum.

*

Sanatımla güzelliğini yakalamak
Ve koleksiyonuma eklemek için,
Kelebeğin resmini çekiyorum.

UÇLARDA

Bir mutlu,
Bir mutsuz...
Uçlarda gidip geliyorum.

*

Bir hüzünlü,
Bir coşkun bir neşe içinde...
Uçlarda gidip geliyorum.

*

Bir umutlu,
Bir ölesiye umutsuz...
Uçlarda gidip geliyorum.

*

Bir dermansız,
Bir enerjik...
Uçlarda gidip geliyorum.

*

Bir kaygılı,
Bir umursamaz...
Uçlarda gidip geliyorum.

NOTLAR

[1]Kanık, O. V. (2022). *Bütün Şiirleri*. İstanbul: Kapra.

YAZAR HAKKINDA

Dr. Cihan Serdaroğlu, Samsun doğumludur. Dr. Serdaroğlu, lisans, yüksek lisans ve doktora eğitimlerini Ankara Üniversitesi, gazetecilik bölümünde almıştır. Yüksek lisans eğitimini bitirdikten sonra, Nisan 2013'de askerlik görevine başlamış ve Eylül 2013'de çavuş olarak askerlik hizmetini tamamlamıştır. 2022'de, "Farklı Türdeki Yabancı Dizilerde Antisosyallerin Temsili: Netflix Dizilerinin Analizi" isimli teziyle doktorasını bitirmiştir. Bağımsız gazeteci olarak çalışmaktadır. Roman, anı, şiir ve akademik makale yazmaya devam etmektedir.

Eğer bu kitabı beğendiyseniz, yorum bırakmanıza gerçekten de minnettar olurum. Yorumlar daha fazla okurun beni ve eserlerimi bulmasını sağlıyor, bu denenle olumlu bir yorum çok yardımcı olabilir. Şimdiden teşekkür ederim.

Don't miss out!

Visit the website below and you can sign up to receive emails whenever Cihan Serdaroğlu publishes a new book. There's no charge and no obligation.

https://books2read.com/r/B-A-YHRT-PWJAD

BOOKS 2 READ

Connecting independent readers to independent writers.

Did you love *Uçlarda*? Then you should read *Arsız Duygular*[1] by Cihan Serdaroğlu!

[2]

Duygular şiirlerde yansımasını ne kadar bulabilir?

Aşkın heyecanını ve romantizmi hissediyor musunuz? Tarif edemediğiniz duygular yaşıyor musunuz? Bohem bir hayatın hazzını duyuyor musunuz? Paylaşamadığınız duygularınız var mı?

Öyleyse bu lirik şiir kitabı size göre olabilir.

Arsız Duygular'da;

Aşkın yoğun romantizminden,

Hüzne ve acılara,

Tarifsiz duygulardan,

Coşkun bir neşeye,

Sıradanın güzelliğinden,

---

1. https://books2read.com/u/38nGjV

2. https://books2read.com/u/38nGjV

Bohem yaşama,

Sanatın verdiği zevkten,

Yalnızlığa,

Geniş bir duygu yelpazesinin şiirsel ifadesini bulabilirsiniz. Böylece tüm o duyguları hissedebilir, onlara tanık olabilir, onların farkına daha iyi varabilir; ayrıca bu süreçte, şiirin coşkusunu ve yoğunluğunu yaşayabilirsiniz.

Özgür Hayaller: Fantezi ve Gerçeklik Üzerine Bir Lirik Şiir Kitabı'nın yazarından.

Cihan Serdaroğlu, gazetecilikte bilim doktoru.

Bu kitabı satın almak için yukarıya kaydırın ve bugün okumaya başlayın!

Also by Cihan Serdaroğlu

Liberal Dreams
Yaşamın Gölgesindeki İnsanlar
Özgür Hayaller
Yakışıklı Olmak; Talih Mi, Lanet Mi?
Sanatla Kaçış: Yağlı Boya, Sulu Boya ve Kara Kalem Resimler
Arsız Duygular
Uçlarda

About the Publisher

Self-publishing is a growing industry and I think that it is going to keep growing. Many authors independently publish their books. It is one of the best things of our time. We are very lucky to have this opportunity.